钱塘潮

传说故事

浙江文艺出版社
Zhejiang Literature & Art Publishing House

山海经民间故事系列编委会·主编

孙小小·绘

图书在版编目(CIP)数据

钱塘潮传说故事 / 山海经民间故事系列编委会主编 .
—杭州 : 浙江文艺出版社,2023.10
（山海经民间故事系列）
ISBN 978 - 7 - 5339 - 7350 - 6

Ⅰ.①钱⋯　Ⅱ.①山⋯　Ⅲ.①民间故事 – 作品集 – 中
国　Ⅳ.①I277.3

中国国家版本馆 CIP 数据核字（2023）第 165113 号

图书策划	柳明晔	封面设计	✗ TT Studio 谈天
责任编辑	关俊红	版式设计	四喜丸子
内文插图	孙小小	营销编辑	宋佳音
责任印制	张丽敏	数字编辑	姜梦冉　诸婧琦

钱塘潮传说故事

山海经民间故事系列编委会　主编

出版发行	浙江文艺出版社
地　　址	杭州市体育场路347号
邮　　编	310006
电　　话	0571-85176953(总编办)
	0571-85152727(市场部)
制　　版	浙江新华图文制作有限公司
印　　刷	浙江海虹彩色印务有限公司
开　　本	787毫米×1092毫米　1/16
字　　数	57千字
印　　张	6.75
插　　页	4
版　　次	2023年10月第1版
印　　次	2023年10月第1次印刷
书　　号	ISBN 978-7-5339-7350-6
定　　价	78.00元

献给所有对世界充满好奇心的人

P51　钱王射潮

P59　松山一担土

P63　铁牛镇海

P69　戚继光借潮

P75　海宁庙宫

P79　观音借地

P86　澉浦铜钟

P90　海香

P96　横塘「神牛」

海宁潮的由来

过去，钱塘江来潮，跟其他各地的潮水一样，既没有潮头，也没有声响。

这一年，钱塘江边来了一个巨人，这个巨人真高大啊，一迈步，就从江这边跨到江那边去了。人们不晓得他叫什么名字，因为他住在钱塘江边，就叫他"钱大王"。

钱大王力气很大，他扛着自己的那条铁扁担，常常挑些大石块放在江边，过了没多久，就堆成了一座又一座大大小小的石头山。

平时，钱大王在萧山的蜀山上，敲岩石，引火烧盐，烧了三年三个月，烧出的盐，都堆得像座高山了。

这一天，他准备把盐挑到江北去，可是这么多盐只够他装满扁担一头，他就在扁担另一头放上几块大石头，放在肩上试试，正合适，于是就挑起来，走啦。

这时候，天气热啊，钱大王走到钱塘江边，想避避太阳，就放下担子歇会儿，没想竟打起瞌睡来。

可巧，正好碰上东海老龙王出来巡江，潮水拥着龙王，慢慢涨了起来，涨呀涨，涨呀涨，竟涨上岸，把钱大王这堆盐都慢慢溶化了。

东海龙王闻闻，怪呀，水里哪来一股咸味呀？而且愈来愈咸，愈来愈咸。东海龙王受不了啦，掉转身子就逃，逃进大海，没想到潮水跟着涌进海，把整个汪洋大海的水都弄咸了。

钱大王一觉醒来，两眼一睁，看见扁担一头的石头还放在硖（xiá）石——这就是如今有名的硖石山。

另一头的盐呢？却没啦。

钱大王找来找去，找不着盐，一低头，

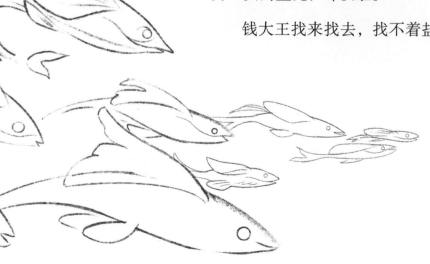

闻到江水里有咸味，心想：哦，怪不得我的盐没啦，原来被东海龙王偷去了！不觉怒从心起，举起扁担就打海水。

一扁担打得水里大大小小的鱼儿都震死了；两扁担打得江底的水都翻了身；三扁担打得东海龙王受不住，慌忙冒出水面，打躬作揖求饶命。

东海龙王战战兢兢问钱大王，究竟是什么惹着了他，发了这么大的脾气！

钱大王气得圆睁两眼，大声喝道："该死的龙王，你把我的盐都偷到哪儿去啦？"

东海龙王这才明白海水变咸的原因。连忙赔了罪，说自己巡江不小心，把那些盐溶化了。

钱大王听了心中着恼，举起扁担，真想把东海龙王砸个稀巴烂。东海龙王慌得连连叩头求饶，并答应用海水晒出盐来赔偿钱大王；以后涨潮时，一定连喊带叫，免得钱大王睡着了，听不见。

钱大王听到这两个条件还不错，便饶了东海龙王，把自己那根扁担向杭州湾口一放，说道："以后潮水来时，得从这儿叫起！"

东海龙王连声应着，钱大王这才高高兴兴地走了。

从那个时候起，潮水一进杭州湾，就伸长脖子，"哗啦，哗啦！"一路吼叫着。潮水涨到钱大王坐过的地方，脖子伸得挺高，叫得也挺响，这个地方就是海宁，即今天的盐官。举世闻名的"海宁潮"就是这样来的。

这里，是人们观潮的最好地方。

陈玮君
整理

青山乌龟长山蛇

澉浦（gǎnpǔ）在杭州湾北岸，靠海有两座山。一座青山，活像一只乌龟；一座长山，长长地躺在海边，活像一条蛇。当地老百姓说："青山乌龟长山蛇，伍子胥当年亲手捉。"

伍子胥是吴国两朝元老，为什么要到这偏僻的海边来捉蛇捉龟呢？原来当时吴王夫差听信了奸臣伯嚭（pǐ）的谗言，一味贪图淫逸，沉湎于酒色，对伍子胥的忠告，只当作耳边风。伍子胥没法，只得带了一小支兵马来海盐驻扎，以防勾践渡海偷袭。

伍子胥一到海盐澉浦，见钱塘江的潮水十分厉害，一涨一落，就会淹没大片良田。当时澉浦沿海没有山，军队也不好驻扎。于是，他走访民间，采纳当地老百姓的意见，决定造一条海堤来抵挡潮水。可造堤不容易呀！大家吃尽千辛万苦，造起几次，就被潮水冲坍掉几次。

伍子胥是条强汉子，几次坍堤并没有使他灰心。这天夜里，他一个人蹲在海边，琢磨海堤坍塌的原因。突然，月光下有两个黑影一闪，却又马上不见了。他连忙走过去察看，终于发现海堤下面原来有一只海龟和一条海蛇，海堤正好筑在它们的背上，它们浑身一抖，身上的石头、泥块就哗啦啦地跌下来，七抖八抖，好端端一条海堤就变得七零八落，不像样啦。

伍子胥顿时火冒三丈，一个箭步冲过去，举剑就劈。那海龟和海蛇见了，都蹿到海滩上来，向伍子胥前后夹攻。一场恶战之后，伍子胥终于把海龟和海蛇都杀死在海滩上。这时他也精疲力竭，一回营房就呼呼睡着了。

第二天一早，民工上海堤干活，却看见海边趴着一只石乌龟和一条石蛇。说也真怪，这石乌龟和石蛇还在不断地长大呢。它们越长越高，越长越大，最后变成了两座大山——一座乌龟山，一座蛇山。

这下，大家高兴了。有了乌龟山和蛇山，这一带不但可以驻兵，而且还保住了附近田地，用不着再担心钱江潮水来骚扰。大家都说伍子胥将军神通广大，为老百姓做了桩好事。

　　两千多年过去了，沧海桑田，几经变迁，但是这两座山的形状却始终没变，一座像乌龟，一座像蛇。伍子胥亲手捉龟蛇的故事也像这两座山一样，永远留在了澉浦。

"涨潮神"与"退潮神"

每年农历八月十八，钱塘江潮水最大，来势十分凶猛。可是有一年，那汹涌的怒潮，却在海宁的外面改变了方向，直扑绍兴龙山而去。

这是为什么呢？

故事还得从头讲起。

春秋时代，越王勾践一度被吴王夫差打败。为了东山再起，他曾经两次派大夫文种去吴国请求投降，还表示愿意到吴国去当臣奴。

勾践的心计，骗过了夫差，却瞒不过夫差手下的太师伍子胥。伍子胥坚决主张杀死勾践，反对纳降。为了阻止越国献送美女的事，伍子胥不止一次冲撞吴王夫差。有一次，甚至板起面孔，把夫差狠狠地教训了一通。

伍子胥激愤地说："大王你这样糊涂下去，老臣我总有一天会看到越国的军队侵入吴国的！"

夫差起先念在伍子胥是先王旧臣，所以能忍则忍，可这一回真把他惹火了。于是当场定了伍子胥"欺君之罪"，让人拿给他一把名为属镂的宝剑，叫他自杀。

那天正是农历八月十八。

傍午，夫差便命令手下用一张马皮把伍子胥的尸体包裹起来，扔进了江里，并愤愤地说："伍子胥呀伍子胥，我叫你永远看不到越国侵犯吴国的日子！"

谁知夫差话未说完，伍子胥的尸首忽地朝天吐出一口怨气，使正在暗涨起来的潮水突然白浪翻滚，有如万马奔腾，吓得夫差没命地逃回姑苏台去了。从此，人们便称伍子胥为"涨潮神"。

伍子胥一死，勾践没了顾虑和担心。他在吴国卧薪尝胆，生聚教训，用了文种的计策，很快就打败了吴国，报了家仇，雪了国耻，还意外地缴获了夫差最心爱的宝剑——属镂。

按理，大夫文种劳苦功高，晚年应该过几天舒心的日子了。想不到勾践是个只能共患难、不能同安乐的人。

勾践心想，文种肚子里点子可真多，他教了我九个计策，我只用了三个便灭了吴国，还有六个计策，倘若教了别人，越国岂不仍有被人吞并的危险？后患无穷哪！于是勾践找个"久蓄异心"的借口，让人将那把属镂剑拿给文种，叫他也自杀了。

不过，文种死后，勾践总算发了点"慈悲"，把他葬在了绍兴的龙山之上（因此这龙山又名"种山"），没有抛到海里去喂鱼。

伍子胥活着的时候，最恨的就是文种，认为吴亡越兴，都是因为文种奸谋不断，所以没有一天不想找文种算账。

果然，文种死后第一年的八月十八那天，伍子胥涨起大潮，不走海宁，直扑龙山，冲山毁穴，把文种的尸骨卷走了。

越国的老百姓听说涨潮神卷去了文种的尸骨，都追了过去。只见文种与伍子胥站在潮头之上，正在激烈争辩。

文种耐心质问："伍太师，你为什么要毁我墓穴，卷我骸骨？"

伍子胥气呼呼地说："你还敢来问我？我被你害得死于非命，连骨头都没剩一根！"

"你我各为其主，理当竭智尽忠。夫差不听你的忠言，甚至加害于你，错在夫差，与我文种无关，为什么要迁怒于我呢？再说了，我虽掏尽忠心，也未得好死呀！"说到这里，文种的声音

哽咽了。

"什么什么，你说什么？"伍子胥感觉有点儿莫名其妙。

"自古忠魂都含冤。我与你一样，也死在那把可恶的属镂剑下……"

"啊，原来如此。文大夫，子胥错怪你了，得罪之处，还请海涵。"于是伍子胥向文种长长一揖，请他退潮。

从此，文种主司退潮，人们称他为"退潮神"。因为文种的性情与伍子胥不同，生前一向温文尔雅，所以退潮就十分缓慢。

伍子胥和文种从此和解，但对夫差的仇恨，从不改变，每年逢到自己忌辰，都要来钱塘江寻找夫差。因此农历八月十八怒潮汹涌，声势特别浩大。几千年来，年年如此。

哑潮和响潮

很久以前，海水跟江水一样，一点儿也不咸。东海边上的老百姓，吃盐比登天还难，要到很远的深山里背盐泥。那种盐泥焦黄焦黄的，跟土块一样，背到家可就成宝贝啦，化在水里，一次只舍得吃几滴。

海宁北门口，有个叫丁山的人，刚生下来十五天，他爹就过世了，他娘在月子里日号夜哭，把好好的一双眼睛哭瞎了。乡亲们看他们可怜，都想方设法周济他们母子俩。

转眼间，丁山长到了十七岁。那身坯，就像个大人一样，虎彪彪的，又高又大，走起路来好比石碨（wò）落地，一步一个响声。人也挺懂事，很孝顺他娘。寒冬时节，为了老娘不挨饿，就是水缸里结了寸把厚的冰，丁山也要下海去捕鱼。他那一片孝心，不知感动了多少乡亲。那些有女儿的婶婶，都巴望着找丁山当女婿呢。

一天，丁山打海塘边经过，看见一头黄牛从陡岸上栽下去了，趴在烂污泥里，哞哞哞地直叫，小牛倌急得直哭。丁山一想，牛是种田人家的宝，跌撞不起。他急忙卷起裤管，一下跳进泥水里，双手把牛往怀里一搂，嘴里喊一声："起！"那几百斤的黄牛被他一下子就托到了岸上。

小牛倌高兴得跳起来，左一声哥右一声哥地谢他。可丁山摆摆手，笑了笑走啦。

后来，小牛倌见一人就把这事告诉一人，见两人就告诉一双，没多少日子，大家都称丁山是"丁千斤""大力士"。

一天傍晚，丁山打鱼回来，只见村口围着不少人。他凑过去一问，才知道山里的盐泥已经被掏光，去背盐的人都空着手回来了。

人怎么能不吃盐呢？这可怎么办？丁山急了。他问："难道就找不到盐吃啦？"

有个背盐的说："有是有，可没法办到。"

丁山急着问："为啥？"

另一个背盐的大哥拍拍丁山的肩膀，说："有座盐母山，漫山都是盐，只要掏一筐子，就够我们吃上十年八载的！可这座盐母山太远了，要走三千三百三十三里路才能到呀！"

丁山说："路是人走的，再远也能走到。"

他这句话刚说完，背盐的大哥又说了："小兄弟，你是初生的牛犊不怕虎！你得打听打听，那座盐母山虽说漫山是盐，可一年只准动用九十九斤十五两！"

在旁的乡亲们听这话感到蹊跷，都问："为啥？"

背盐大哥说："为啥？那是皇帝的皇盐嘛！只有皇帝才可吃。除了皇帝叫取，哪一个如果背地里去拿一粒盐，就要你的命啦。为这事大家不服，每年都有许多人去挖皇盐！可都被看山的官兵杀了。现在那山脚下，一堆堆的白骨把路都挡住了。"

从那天起，丁山晚上老是翻来覆去地睡不着，他打算去盐母山取盐，可就是撇不下老娘。他知道，如果他将去盐母山背盐的事告诉老娘，他娘死也不会让他去的。这些天，他一直为这事思来想去。但为了让乡亲们有盐吃，他最后还是拿定了去盐母山取盐的主意。

丁山瞒着老娘，每天光着脚干活。一天又一天，等到省下三十三双草鞋时，他就告诉老娘，说要去杭州卖麻。他娘叮咛又叮咛，叫他快去快回。

丁山把老娘托付给乡邻，请他们照顾，便带了三十三双草鞋、一个篓筐，径直往西走了。走呀，走呀，走了两个月零六天才走到盐母山。那座光秃秃的盐母山，看上去红彤彤的，山高坡陡，难走哩。山脚下，整天有卫兵骑着马，一个紧跟一个，围着山转，看守严得连蚂蚁都爬不过去。

丁山伏在草丛里，足足等了两天两夜，看准卫兵换班的时刻，才趁着个空当，急急忙忙取了一筐盐。那盐一粒是一粒，闪闪发光，真好看呀。这下丁山可高兴了，只花了二十天就赶回了海宁。

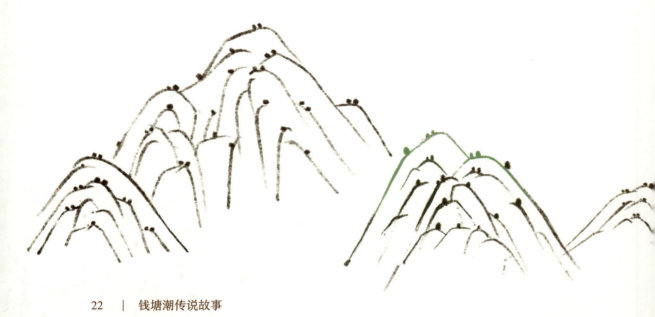

丁山背着盐回到海宁这天，正是八月十七，那时候圆月初升，正打初更。丁山打算从拱辰门进城，可走到离城门不远的地方，他看见吊桥上守城的官兵还在转来转去。心想：百姓大白天出城门，这些家伙都要翻来覆去地搜查，我深夜进城，更要找麻烦了，要是查出是皇盐，岂不是要连累乡亲们和可怜的老娘？想到这儿，丁山拿定主意，不进城，从海滩上绕到北门。

这时候，正巧退了潮，露出一大片沙滩，丁山在软绵绵的沙地上走着，想到取回了盐母，乡亲们再也不用为吃盐犯愁了，心里真有说不出的高兴，脚步也愈走愈快了。他哪里晓得，这时候潮水会来啊！

原来，早先的潮水是没有声音的"哑潮"，就像那种下冷口咬人的狗一样，咬了你你才知道，当知道时就已经来不及躲避了。

丁山正走得起劲儿，突然觉得一股水撞着自己的腿肚子，回头一看，不对，是潮来了，他急忙往边岸上逃，但哪里来得及啊！一人多高的潮头扑上来，一下子把丁山冲走了。

第二天，乡亲们发现丁山躺在沙滩上，身上背着一只空盐篓，腰上系着三双草鞋——他已经死了。这时，乡亲们发觉海水已经变咸。把海水放在镬（huò）子里烧烧，就会起盐霜，白

得耀眼。人们慢慢地知道了，海水变咸，是因为丁山的一篓子盐母打翻在了海水里。

打这以后，潮水一来，总是哗啦哗啦地发出震天动地的响声。那是因为丁山曾经吃过"哑潮"的亏，以后每逢涨潮，便在潮水前面高声大嚷，要所有下海的人当心，免得再遭祸害！

张郎尝盐

相公菩萨迎过东，

不是落雨就刮风。

这是流传在浙江海盐澉浦一带的一句民谣。

这里说的相公菩萨姓张，原是个打鱼郎，大家都叫他张郎。

他为大家寻宝，屈死在皇帝手里，后人为了纪念他，造了个庙，

叫作张相公庙。

每逢庙会，人们抬着张相公菩萨走过海边的时候，海风总是

呜呜地吹个不停，海潮一排排涌来，发出隆隆的响声。老人说，

张相公死得冤枉，连海风、海潮都在为他鸣不平呢。

很早很早以前，人们都吃淡食，连海边人家也不知道盐是啥

样的。

一天，张郎打鱼回来，看见一只极美丽的凤凰咕咕叫着，在海滩上焦躁地踱来踱去。张郎想，它大概是饿坏了，连忙奔回船舱，捧来几条小鱼喂给它吃。凤凰吃了小鱼，点点头，摆摆尾，偎在张郎身边，用它那软乎乎、细茸茸的羽毛摩着张郎的手，可亲热哩。

从此，张郎和凤凰成了好朋友。清晨，张郎下海捕鱼，凤凰在船头飞来飞去，唱着动听的歌儿为他送行；傍晚，张郎捕鱼归来，顾不得吃饭，总是急匆匆地提一网兜小鱼到海边寻凤凰。

一天，凤凰吃完张郎带回来的鱼，忽然扑簌簌掉下几滴眼泪，唱道：

谢谢张郎心肠好，

凤凰上天时间到。

挖起脚下白花泥，

送给张郎无价宝。

　　说完，凤凰抖抖翅膀，呼啦啦朝天上飞去。张郎眼睁睁望着凤凰飞走，好不心酸。

　　张郎想起凤凰说过的话，蹲下身子，挖了起来。挖呀挖呀，除了白花花的涂泥，什么也没挖到。这涂泥海滩上到处都是，怎么能是宝呢？

　　不过，俗话说：凤凰不栖无宝之地。刚才它又说得明明白白，总有缘故的吧。于是，张郎在凤凰停过的地方，挖起几块涂泥，用麻布包好，挂在家里灶头顶的房梁上。

　　不久，黄梅天到了。蒙蒙细雨飘个不停，到处都湿漉漉的。

　　一天，张郎煮好鱼汤，尝了一勺。咦！今天的汤怎么变得这么好喝了呢？张郎望着汤锅，想了半天，也弄不明白是怎么

回事。

正在这时，滴答一声，汤锅里溅起一个水泡。张郎仰头一看，原来是梁上挂着的那包涂泥受了潮，正淌水呢。张郎终于明白过来。

对！准是白花泥显灵啦。

张郎取下麻布包，用舌头舔了舔，咸滋滋的别有一种味道，鲜美极啦！张郎一蹦老高，捧着这包白花花的涂泥去给乡亲们报信。

从此，海边人家吃上了盐，大家欢喜万分，称赞张郎为乡亲们办了一件好事。

这时，一位白胡子长者站出来，心事重重地说道："当今皇上下了口谕，凡民间发现宝物，都得奉献给皇上，要不定会招来杀身之祸！"

张郎怕连累乡亲，决定由自己进京献宝。皇上见张郎献上的是一堆烂泥，气得连连破口大骂。

张郎分辩道："明明是宝贝嘛。若是不信，尝一尝就知道啦。"

皇帝一听，更是龙颜大怒，心想：我乃当今天子，你竟敢当着满朝文武，要我吃烂泥！顿时火冒三丈，喝道："狂妄至极！左右，推出去给我杀了！"

张郎是个硬头颈，也不讨饶，就这样被杀死了。

有个御厨得知这个消息，赶来捡起那包涂泥，心想：人家千里迢迢送来，总不会拿块普普通通的烂泥来开玩笑吧？也不问问明白，就把好端端一个眉清目秀的小伙子给杀了，真让人寒心！于是，便把涂泥带回去，挂在了梁上。

又过了一个月，皇帝做寿，大摆筵席。一道道热气腾腾的菜肴端上来，皇帝先尝了一口鱼汤，便有一种说不出来的鲜味儿。

咦，为啥这么鲜，谁烧的？喊来厨师一问，厨师说每次都是这么烧的，也弄不明白。等回到厨房，正巧梁上又滴下一滴水来。厨师想起张郎献宝的事，这才明白过来。

皇帝知道后，本想独占这个宝物，可海涂这么大，又怎么霸占得过来呢！

打这以后，大家才知道海边的涂泥是个宝，能调味，取个名字叫"盐"。

后来，又有人动脑筋，干脆用海水来晒盐煮盐，又干净又方便，那地方就更加出名了，连地名也改称为"海盐"。

后来，秦始皇建立郡县制，就把这一带设为海盐县。这名字一用两千多年，经过这么多朝代，竟一直没有改过。

秦始皇赶山

相传秦始皇辰光，中国境内到处都是大山。一座座高山阻塞了河流，挡住了道路，可耕的土地很少很少。

秦始皇为了让老百姓都能有地种，就从玉皇大帝那儿借来了一条赶山鞭。

赶山鞭灵光极啦。一抽，山就乖乖地走啦。抽到哪儿，山就走到哪儿。秦始皇拿了赶山鞭到处去赶山，东一鞭，西一鞭，把三山五岳分布到全国各地。这样一来，中间就出现了一大片平地，老百姓男耕女织，过上了欢快的日子。

后来，秦始皇想：干脆把山都赶到大海里去吧，填了海，还可多出更多的田地哩！于是就一个劲儿地把山往大海里赶。

这一下，东海龙王可急坏了：这么多的山赶到海里，岂不要把我的龙宫压坍了吗？东海龙王召集虾兵蟹将一起来想法子。可是，谁不知道赶山鞭的厉害！他们一个个愁眉苦脸，想不出好主张来。

　　这时，龙王的小女儿三公主笑眯眯地站出来说："父王，女儿有个办法，教他赶不了山。"龙王想不出好办法，只好让三公主去了。

　　三公主来到皇宫前，就地一滚，变成一只雪白雪白的玉狸猫，爬上高高的御墙，跳进后宫，在三宫六院里

蹿来蹿去。宫女们见了，一点儿不疑心，还逗着它玩耍哩。

到天黑时，玉狸猫钻进秦始皇的寝宫。秦始皇很谨慎，晚上睡觉时，都把赶山鞭放在枕头底下，生怕弄丢了。玉狸猫轻轻爬到床边，静静蹲着，动也不动。等了好久好久，秦始皇翻了一个身，玉狸猫轻轻一跳，就把赶山鞭抽了出来，又把一根假鞭子塞在了枕头下，这才翻出御墙，连夜奔回龙宫。

东海龙王拿到赶山鞭，高兴极啦！他拿起赶山鞭把海里的一座座大小山头都赶到深海底下去了。从此，海洋里水波浩渺，剩下的小山小岛也就不太多了。

第二天，秦始皇醒来，拿起赶山鞭就去赶山。他来到钱塘江北岸的海盐，朝着海边的一座山抡起就是一鞭。怪哩，山都打歪了，却没移动半步。仔细一看，原来鞭子是假的。

那座被打歪了的山，现在还在海盐县六里和长川坝交界的地方哪。这座山像鸭的屁股似的歪在那儿，老百姓都叫它"鸭塌屁股山"。

塔山环

钱塘江北岸的尖山口，有一个向江心伸出的人工建造的半岛，岛上有一座石塔，耸立在最尽头，这个地方人们叫它"塔山环"。

据说，很早以前，海龙王常在这里肆意作怪，冲垮海堤，欺侮百姓。人们为了安居乐业，到处烧香求佛，但恶浪怪潮照样凶狠。人们年年月月挑土筑拦海坝，恶龙王年年冲坝作怪。百姓苦极了！

什么时候才能镇住恶浪怪潮，保住海边不塌沙啊？

村里一个九十岁的老头说："尖山顶上有只石箱子，石箱子里有个石宝塔，能镇住海龙王。但是，从前有不少勇士去打过石箱子，可是谁也打不开。有一个青年人一连打了七七四十九天，只打掉一个角，石箱子还是打不开呀。"

一个叫银银的小后生，听了老头的话，发誓要打开石箱子。

　　银银为乡亲，乡亲疼银银。银银一走，每天都有人上山给银银送茶送饭。银银日夜抡铁锤敲石箱子，十个指头都麻了，眼睛也熬红了。但他不灰心。

　　七七四十九天过去了，石箱子还是没有打开。

　　一天晚上，银银正在抡着铁锤敲啊敲啊，一个白胡子老人走到他跟前，亲热地对他说："好后生，辛苦了。你去寻一根丈二长、没有节的芦苇梗，往石箱子旁边的一个小洞洞里捅进去，就能打开石箱子哩。"

　　银银听了白胡子老人的话，下山去寻丈二长的无节芦苇梗。银银寻啊寻啊，踏破了十九双草鞋，还是寻不到丈二长的无节芦苇梗。

这一天黄昏时候，银银来到一片芦苇荡。他坐在荡边，朝荡里望啊望啊，眼一亮，看见一根特别长的芦苇，在荡当中凌空摇晃。他跑到荡中一看，果然是一根又粗又长的无节芦苇，足有丈二长。他一手拔起来，连夜赶回尖山顶，忙用无节芦苇梗往石箱子旁边的小洞洞里一捅。真怪，石箱子开了！石箱子里果然有一个小石塔。

　　银银高兴哩，拿起小石塔奔下山去。跑到海边，天还没有亮。

　　银银心里想：趁恶潮没有来，我多跑一步海滩，就多保一块地啊！他就在海滩上，拼命向海里跑，跑啊跑啊，跨一脚，拔一脚，只想多跨一步路。

　　到天发白的时候，涨潮了，恶浪来了。银银头昏眼花，跨出最后一脚，一个恶浪向银银猛扑过来。银银把小石塔往海里一摆，一声巨响，一座石塔屹立在海边。

　　石塔屹立着，恶潮抬了一下头，缩了回去！

　　石塔屹立着，恶潮举了一下腿，退了回去！

　　在石塔面前，恶潮退缩了，溃败了！

　　可是银银呢？人们找呀寻呀！找找不见影，寻寻不见人。

　　银银死了！乡亲们难过哩。乡亲们含着眼泪起早摸黑，挑土

抬石，从石塔到岸边筑了条拦海挑坝，把凶潮怪浪拦住，不让它冲进来害人。人们就把这条拦海挑坝叫作"塔山环"。

塔山环造好了，世世代代的人还在思念着银银呢。不过，有人说，曾在海塘上见过银银，银银望着石塔笑哩！还有人说，银银住在石塔里。可石塔是实心的呢！要门没门，要窗没窗，谁能进得去呢？于是人们说，银银成仙啦。要不，他怎么能进出石塔呢？

宝石香炉

很早以前，上虞（yú）县（今绍兴市上虞区）康家湖边住着个叫阿周的渔民，家里只有个十四五岁的女儿，叫小白花。父女俩心地善良，常为乡亲们排解忧虑。

一年天遇大旱，康家湖旱得湖底朝了天。阿周带领乡亲们在湖底掘井找水。挖着挖着，突然闪过一道亮光，只见一块精光溜滑、似金如玉的大石板，严严实实地封住了井底。

阿周见大家已经累得精疲力竭，就劝大家先上岸休息，自己一个人下井去掀那块大石板。

谁知阿周刚要用铁杆撬那块大石板，旁边蹿过来一条毒蛇，呼的一口就把阿周咬得昏死了过去。这时，小白花刚巧拎了只饭篮来给她爹送饭，老远听见"哎哟"一声，晓得出了事，甩下饭篮就直奔井口。

这时，井里早已烟雾弥漫，什么也看不清了。

小白花纵身跳下井去。不一会儿，只听得井底一声巨响，一条巨大的黄蛇腾空而起，紧接着，一条银光闪闪的小白龙也跃出了井口。

在康家湖上空，小白龙和黄蛇展开了激烈的搏斗，一时间天昏地暗，电闪雷鸣。慢慢地，那黄蛇招架不住，一声悲鸣，往东海里逃窜而去。小白龙也不追赶，重新回到井里。又是呼啦啦一声巨响，从井底甩出来一块精光溜滑、似金如玉的大石板。顿时，井底冒出了一股泉水，小白龙的背上驮着阿周，沿着康家湖上空盘旋一圈以后，就冉冉地向南山飞去了。

乡亲们目送小白龙驮着阿周消失在天际，知道小白龙是小白花变的。再回头一看，康家湖早已是碧波万顷，白浪滔滔。这一年，康家湖方圆百里都取得了大丰收。

人们为了纪念阿周父女，就在康家湖边造了座龙王庙。正殿上，塑了一条栩栩如生的小白龙；并请了个石匠，花了三年六个月的时间，把小白龙从井底掀出来的那块大玉石板雕成了一只双龙抢珠的宝石香炉。

这宝石香炉金光闪闪，璀璨夺目，好比一盏长明灯。每逢干

旱年成，只要在香炉里点起檀香，顿时袅袅香烟化作层层白云，不多时就会喜雨纷纷，普降甘霖。从此，康家湖方圆百里，岁岁风调雨顺，年年五谷丰登，再也不会受干旱之苦啦。

再说当年在井底守护这块宝石的黄蛇，虽然被小白龙杀得大败，狼狈逃走，它却一天也没死心。十年之后，黄蛇养好了伤，又学会了一套变化的本领，竟变化成一个珠宝商，摇摇摆摆地来到了康家湖。

珠宝商进了村，好话说了几淘箩，愿意出一千两银子，收买这只宝石香炉。

乡亲们听了，连连摇头："勿卖勿卖，哪怕你金山银山珠宝山，这宝石香炉呀也勿卖的。"

珠宝商冷笑一声，转身就走。到了半夜里，他悄悄溜进龙王庙，偷走宝石香炉，就地一滚，又变成一条黄蛇，腾空而起，朝东逃窜而去。

黄蛇逃到钱塘江时，只见头顶白云翻滚，狂风呼啸，扭头一看，见小白龙已经追了上来，它知道自己不是小白龙的对手，打又不敢打，逃又不甘心，就张开血盆大口，喷出一股又毒又臭的蛇涎（xián），把个宝石香炉里里外外都裹上了。然后把它丢入江心，一阵狂笑，腾空向东海逃窜而去。

小白龙潜入江底捞起宝石香炉，不料香炉的灵气被蛇涎粘住，再也发不出来了。小白龙知道这条黄蛇经过千年修炼，道行匪浅，要洗干净它吐出来的蛇涎，可不容易哩。不过，小白龙想到康家湖的乡亲们，就又有了信心。它立下誓愿，不洗净这只宝石香炉不回南山。从此，它就在钱塘江边住了下来，一天两次，借东海的水来冲洗这只宝石香炉，成年累月，从不停歇。

　　每当小白龙冲洗宝石香炉的时候，钱塘江口就会无风掀起三尺浪，海水轰隆隆过来，把整条钱塘江灌得满满的，经过一个多时辰，才会缓缓退去。就这样，一天两次，从不间断。

　　起初，江边的人不知底细，都以为出了水怪。这消息传到上虞康家湖，乡亲们来到钱塘江边一看，顿时明白了，原来是小白龙在为乡亲们冲洗宝石香炉呢。

　　就这样，钱塘江的潮水时来时去，从不间断。

楼桂芳
搜集整理

造钱塘

> 钱塘，钱塘，
>
> 有钱塘未成，
>
> 无钱成钱塘。

这首民谣说了一个造钱塘的故事。

有一年，杭州、海宁一带江水泛滥，房屋坍塌，田地被淹，人畜遭灾。不但杭、嘉、湖三府难保，还影响到苏、松、常、泰四府。

皇帝得知这一消息，急得向文武百官求计。他为啥心急呢？老百姓死活他倒不在乎，最担心的是冲垮"鱼米之乡"，一旦断了粮财，自己的日子就会不好过。

皇帝一开口，那班贪官暗自欢喜，心想：造塘堵水，无疑是个发财的好差使。

于是其中一个急忙奏道："如皇上恩准，我只要动用十万两库银，不敷者自有下官让百姓捐募，一定替皇上筑起一道江塘挡住水害！"

另一个也立即附和："国家遭难，匹夫有责，下官身受皇恩，愿一起前去效劳。"

真是说的比唱的还好听。

金銮殿上有位姓钱的老御史，看透这班贪官的肮脏心思，不忍百姓在水灾面前再遭人祸，便袍袖一拂，抢步出班，跪奏道："启奏皇上，依老臣之见，用不着让百姓捐钱，国库文银十万也可打个对折——交与老臣五万两银子，即能办成大事。"

皇帝本来就是个吝啬鬼，一见能少拨五万两库银，便降下圣旨，钦命老御史出京承办。

几个贪官面面相觑（qù），心里暗骂道："五万两银子能造海塘？除非把你这老死尸填了进去！"

且说钱御史来到杭州、海宁一带，看到流离失所的灾民，心里非常难过。他风尘仆仆，一到就贴出黄纸告示，上写：

　　造海塘，挑一担泥，钱十文；运一车，钱百文。

　　灾民得着这个消息，奔走相告，都喜出望外。

　　开工头一天，就人山人海；三天下来，发过工钱，库官急向钱御史禀报："钱已发完。"

　　钱御史略作思索，亲笔又出一张告示：

造塘大半，库银发完，再造三天，钱在塘内。

民工们一见告示，纷纷议论起来。

这个说："前三天每人领的工钱只用掉一半，再干三天也还有饱饭吃，不能半途散脱。"

那个讲："对啊，钱在塘内，造好海塘，挡住水害，百姓安居乐业，别说工钱没白丢，还利在子孙后代呢！"

就这样，原班人马，一齐上工，通力合作，又干了三天。

俗话说"人心齐，泰山移"，一条堵水海塘，果然耸立在人们的眼前，工程告成啦。

人们为了纪念这位姓钱的老御史，记着他"钱在塘内"这句话，把这条塘唤作"钱塘"，把原来的浙江称为"钱塘江"。

钱王射潮

　　钱塘江的潮水从来就是很大的，潮头高，冲击力猛，因此两岸堤坝，总是这边才修好，那边又被冲坍了。真是"黄河日修一斗金，钱江日修一斗银"啊！那时候，潮水给人民带来的灾害，从这话里，也可想见了。

　　到唐朝末年，有个叫作钱镠（liú）的吴越王，勇猛无比，当时人们都称他为"钱王"。

　　钱王治理杭州，感到各种事情都容易办，就是这道钱塘江江堤修不好，因为刚修好，潮水一下冲来，又冲坍了。

　　手下人更愁，潮水一昼夜就要来两次，想修好堤，难哩！修不好，又怕钱王发脾气，于是大家一商量，跑来报告钱王道："大王，这江堤是没法修好的啊！因为钱塘江的潮神在跟我们作对，等我们快修好时，他就兴风作浪，鼓起潮头，把江堤又冲坍啦！"

钱王听了满肚子火，气得胡子一根根直竖起来，眼睛瞪得像铜铃，厉声喝道："呸！为什么不把那潮神拖来宰了？"

　　手下人慌忙奏道："这不能够，这不能够！他是潮神，跟海龙王一起住在海里，我们没法找。何况，他来时在潮头里随水翻滚，我们凡人既看不见，更没法捉他，就是乘铁船去找，也会给

潮头吞没了的。"

钱王听说后，气得两眼冒火，吼道："呔（dāi）！难道就让这小小潮神胡作非为吗？不行！"

看看手下，没人吭声，他就叫道："好，我去降伏他！到八月十八，调一万弓箭手到江边，我倒要去看看这个潮神！"

你道钱王为什么一定选在八月十八呢？原来八月十八是潮神生日，这天潮头最高，水势最凶猛，潮神会在这一天骑着白马，在潮头上驰来奔去的。

八月十八到了，钱塘江边搭起了一座大王台，钱王一早就来到台上观望动静，等待潮神。可是一万名精悍的弓箭手还陆陆续续没有到齐哩！钱王见了大怒，喝令迅即聚齐，列成阵形。

这时，有位将官上前禀道："大王，弓箭手向江边来，得过宝石山，那儿山高路窄，仅容一人通过，还得上山下山，一时难以聚齐！"

钱王听说后，喝道："呀呸，这不是要耽搁我消灭潮神吗？"

　　说着，立即跳上千里驹，飞也似的奔到宝石山。他一看，果然这样，忙到山顶，向四面一望，见到山南面有条裂缝。钱王坐下，把两脚顶住对面山石，屏住气，用尽力，双脚一蹬，呵哈，这座山竟被他蹬开了，中间出现了一条宽宽的道路。

　　将官士卒见着，无不惊奇，人人喝彩，个个欢呼，踊跃穿奔而过，没多久，全部弓箭手就都聚集到江边了。

　　从此，宝石山有了"蹬开岭"这条山路，钱王那双硕大无比的大脚印子，直到今天还深深地印在石墙上面呢！

　　钱王下了宝石山，又四处巡视一番，回到江边大王台上时，一万名精兵个个雄赳赳、气昂昂地张弓持箭，怒视江面，早已排好阵势了。

　　钱塘江沿岸百姓受尽潮水灾害，修堤治水，无不欢喜，无不尽力。今天听说钱王射潮神，都争来观战助威，家家闭户，人人出动，几十里路长的江岸上黑压压地挤满了人。钱王见到这般声势，更加欢欣，叫人拿来纸笔，写了两句诗道：

传语潮神并水府，

钱塘借与筑钱城。

写罢，将诗稿投进江里，大声呵斥道："咚，潮神听了！你如应允，就不得把潮水涌来；如若不听，那就别怪我不留情了！"

岸上军民闻声欢呼，如鸣巨雷，鼓掌顿脚，长堤都为之震动。人人欢欣鼓舞，盯着江水观看动静。

可是潮神并不理睬钱王告诫，没多一会儿，但见东边江天之际，出现一条白线，声如闷雷，飞驰滚来，愈滚愈快，愈来愈猛，及至近旁，就像爆炸了的冰山、倾倒了的雪堆，翻江倒海，铺天盖地，奔腾翻卷，直向大王台冲来。

钱王见了，把弓拉满，大吼一声："射！"

嗖的一箭，自己先向潮头射去。霎时，万名精兵竖眉怒目，齐声呼应，万箭齐发，直射潮头。百姓拍手跺脚，呐喊助威。

一万支箭射了，又射一万支！

一万支箭射了，又射一万支！

接连射出三万支箭，竟逼得那潮头陡然壁立，再不敢向前倾泻，在激起来的水墙上头喷珠溅玉，似天垂珠帘，光彩耀目。不久，潮头忽然向左倒伏，滚滚向西遁去。

钱王下令："追射！"

那潮头慌慌张张逃窜，弯弯曲曲，流成个"之"字形，愈逃愈没力，最后，潮水竟然在这里销声匿迹了，此地就是今天的"之江"。

江堤筑成了！

人们为了纪念钱王射潮的功绩，就把这堤称为"钱王堤"。

松山一担土

早先，有个妇女带着个孩子逃荒到海宁，在钱塘江北岸的一个破庙里住了下来。

这个孩子名叫朱元龙。他春夏割青草，秋冬割干柯，和娘一起靠卖草过日子。

一年年过去了，朱元龙长大啦。他力大无比，性子刚强。喊一声，三里路外都听得见；跺一脚，九尺地下也要震一震。他用根木头大扁担从外地挑盐到江边来卖。

这年夏天，天气特别热。一天，朱元龙挑担盐到江边村坊来卖。中午时光，他坐在一棵大树下打瞌睡。这时候，东海龙王又发起怪潮来。哗啦啦！一个浪头向大树扑过来，把朱元龙的一担盐冲得精光。

朱元龙醒来见盐没啦，气得哇哇直叫，拿起屁股下的大扁担，用副土坎（即土箕）往土墩下一放，一扒，土墩装进了土坎。他挑起来，三脚两步来到海边，轰隆一声，倒进海，海里就露出了一座山，叫作"松山"。

随后，朱元龙又把土坎拍了拍，将土坎里的土末末也倒进海里，海里又露出了一座小山，人们叫它为"蟹山"。到现在还有人说："松山一担泥，蟹山畚（běn）箕拍一拍。"

朱元龙一担泥填出两座山，就把怪潮挡住啦。但他想想还气不过，就抢起扁担，把海水搅得七上八落，把龙宫弄得摇摇晃晃，吓得东海龙王浑身打战，连忙爬出海面向朱元龙求饶。

朱元龙指着东海龙王的鼻子吼道："你发潮为什么不先说一声？叫人走也来不及。你知罪吗？"

东海龙王连连叩头，许下愿，说道："我有罪有罪。以后发潮，先发号作响就是了！"

朱元龙又吼道："海边村坊的人吃盐多艰难，你把我的一担盐冲掉，该当何罪？"

东海龙王说："我知罪。我冲走你一担盐，还给你一海的盐就是了。"

从此，钱塘江涨潮时，老远就听到响声了；海边人家只要把

海水晒一晒，晶莹雪白的盐花花就出来啦。

朱元龙这才出了气，顺手把扁担向东北方向一甩。他的力气真大，扁担一甩就是几十里，当扁担落下来时，把碛石的一座大山劈成两半，一座山就变成了两座山，后来人们就把它们叫作"东山"和"西山"。

铁牛镇海

　　朱元龙后来打天下，当上了皇帝，把娘从江边破庙里接到京城去啦。

　　朱元龙一走，东海龙王又神气起来。它发潮时虽然先发号作响，但怪潮还是一次次地横冲直撞，扑来扑去地闹水灾，害百姓。人们白天挑土、抛石修补塘，一过夜，就被怪潮冲个净打光。因此茅屋被冲倒，田地被氽（tǔn）掉，人畜被卷走，百姓叫苦连天。

　　这消息一传两传，传到朱元龙的耳朵里，朱元龙火啦！他带着娘来到江南，要浇一道铁海塘来挡住怪潮。可是他一到钱塘江边，地方官就来启奏，说："一道海塘几十里，用铁来浇，哪有这么多铁？"

　　朱元龙听听也有道理，可是一时又想不出其他办法来。他娘听到后，就笑笑说："办法有啊！水牛不怕水，怪潮就怕水牛。铁海塘浇不起，就铸十八只铁水牛来镇住怪潮吧！"

朱元龙笑道："着啊，我就铸十八只铁水牛镇怪潮！"

可是，浇铸十八只铁牛也要用不少铁啊！百姓们知道朱元龙造铁牛是为了镇住海潮，都争先献出家里的铁器，好多人家把镬子都献了出来。

铁有了，朱元龙就请来许多铁匠，整夜烧得炉火熊熊，铸啊浇啊，敲啊打啊，十八只特大的铁牛就造好了。

在浇铸最后一只铁牛时，天快亮了，朱元龙的娘说："铁牛都造好了，还有镬子多。穷人家的镬子少，等着用，趁天还没亮，就送还给人家吧。到天亮，人家就好烧饭、烧猪食哩。"

朱元龙听娘的话，就叫人连夜把镬子送还给人家。可是，到了五更天，还有许多镬子没还光，眼看天就要亮了，急得朱元龙朝天亮星大声叫道："喂，天亮星啊，镬子没还光呢，你就慢点儿亮吧！"

天亮星闪了三闪，重新暗下去。直到镬子还光，天才亮起来。后来人们就把天亮以前亮一亮暗一暗再天亮的这个时辰，叫作"还镬时辰"。

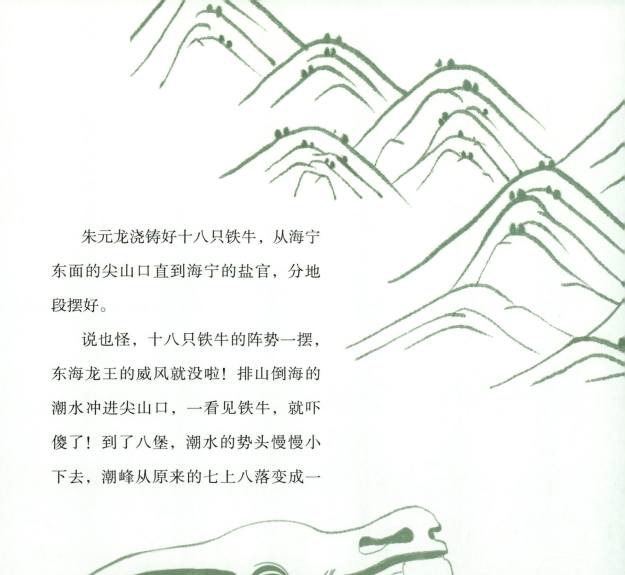

朱元龙浇铸好十八只铁牛，从海宁东面的尖山口直到海宁的盐官，分地段摆好。

说也怪，十八只铁牛的阵势一摆，东海龙王的威风就没啦！排山倒海的潮水冲进尖山口，一看见铁牛，就吓傻了！到了八堡，潮水的势头慢慢小下去，潮峰从原来的七上八落变成一

条笔直的白浪峰。过了盐官，潮水就更加规矩，只齐齐整整、不紧不慢地向西涌过去。

从此，百姓们就在海塘上加土砌石，把海塘修得牢牢实实，怪潮也就不敢冲塘淹村了。

戚继光借潮

　　明朝嘉靖年间一个冬天的夜晚，戚继光为了建造抗倭（wō）兵营，来到澉浦谭仙岭驿站察看地形。不料刚刚坐下，山下就传来消息说，十只倭寇船晚快边停靠在塘前村海边，大约有六百个倭寇上岸，抢劫了塘前村，现在已经向北抢去。

　　戚继光一听，心里急呀！此刻身边只有五十个士兵，去盐官调兵，无论如何都来不及。他知道倭寇的老规矩，总是捞一把就走，便决定先去看看。

　　戚继光带着五十个士兵赶到塘前村海边，借着月光往海里望去，这时潮水正好退平，倭寇的十只大船远远停在一块高沙滩下面。沙滩上有几个倭寇，手执刀枪，逼着乡民把抢来的东西搬到船上。

　　戚继光看了一阵海，又看了一阵天，接着，又观察了一下风向，紧锁的眉峰慢慢地舒展开来。他把自己的计策一五一十地告诉了部下，便领兵直奔村中。刚到村口，正好碰着几个倭寇押着一批挑东西的乡民。戚继光把手一挥，士兵蜂拥而上，倭寇来不及叫唤一声，脑袋瓜就落了地。乡民们一见是戚家军，个个摩拳擦掌，自愿参战杀敌。

于是十个士兵迅速换上了倭寇的衣服，其余都扮成乡民，混在里面，一齐来到沙滩边。这时月色昏暗，人声嘈杂，趁着混乱，戚继光带部下混上了倭寇的十只大船。一声令下，不到一顿饭工夫，就把守在船上的倭寇杀得精光。

夺下十只大船，戚继光又看看月亮，算算时间，便命令士兵埋伏在船上，做好决战准备。然后叫两个士兵在沙滩上点起一堆冲天大火。

在阁老山下大肆抢劫的倭寇一见海滩上的冲天

大火，大惊失色。原来他们事先约定，万一战船受到袭击，就点火为号。现在见火光大起，这批倭寇不得不赶来救援。跑到沙滩上一看，十只大船却原封不动停在水里。船上不见灯光，船边不见跳板，除了那堆大火外，四周连个人影儿也没有。

这到底是怎么一回事？倭寇正在猜疑。霎时，船上飞出了一阵乱箭，把前面一批倭寇射倒在地。后面的倭寇发觉中计，转身就逃。逃到岸边，见船上停止射箭，倭寇认定船上明军不多，就又壮大胆子反扑过来，拼命往船上射箭。

这时，钱塘江已经开始涨潮，这天正逢大潮汛，又碰上刮东风，潮水涨得又快又猛。倭寇冲到沙滩时，脚下已涌起浊流。

戚继光蹲在船上，按兵不动。过了一会儿，他命令士兵把船稍稍开出一点儿再停下来。

又过了一会儿，潮水涨到了高沙滩上，倭寇只得放弃攻船，往岸上撤退。谁知只迟延这一歇歇时间，已经来不及了。汹涌的潮水已从四面包围拢来，倭寇无法上岸，才晓得上了大当。哗哗的潮水越来越大，高沙滩越淹越小，最后，轰的一声，一个大浪扑来，五百多个倭寇统统被钱江潮吞没了。

消息一传开，老百姓都称赞戚将军真是英雄，不但精通兵法，

而且上知天文，下识地理。如不利用大潮，五十个士兵又怎能消灭六百个倭寇啊！

而倭寇呢，却以为戚继光是神仙下凡。从此，只要一听到戚继光的名字就会发抖，再也不敢在澉浦上岸了。

海宁庙宫

到盐官来看"天下奇观海宁潮"的人都要去看看庙宫。

海宁庙宫的建筑造型，和北京的太和殿一样，十分壮丽，是江南少有的古典宫殿式建筑物。它的大门口，有青石铺筑成的广坪，广坪两旁有一对汉白玉石狮子，精雕细刻，栩栩如生，据说也是国内少有的。在广坪东西两侧，还有两座跨街白玉石牌楼，镂刻艺术高超，人称"江南独步"。

可是这样一座富丽堂皇宫殿般的建筑，造好后一直冷冷清清，从来没见过皇帝和太子们来住过。你知道为什么吗？

据说清朝康熙皇帝有不少皇子。皇子们钩心斗角，都想将来继承皇位。康熙皇帝为了缓和矛盾，就想了个办法：将继承皇位的太子的名字写在一个折子里，封入锦囊，放到金銮殿栋梁上。他告诉皇子们，将来自己寿终之后，众皇子可当场解开锦囊，以见分晓。这样一来，皇子们也就无话可说，只好等着看了。

康熙皇帝说是这样说，但到他病危时，却把十四皇子叫来，向他讲明，日后由他来继承皇位。这样，十四皇子就喜滋滋地等着做皇帝了。

第四皇子想当皇帝心切，他生怕开出锦囊来不是自己的名字，就预先叫了个会飞檐走壁的人，在黑夜里跳到栋梁上，把锦囊偷偷地取了下来。一看，折子里写的果然不是自己，而是"传位十四子"。

这下，四皇子急了：没有皇位就会失掉一切，那还了得！他眼睛骨碌一转，把"传位十四子"的"十"字上加一横，下弯一钩，这一来，这内容就成"传位于四子"了。四皇子把折子改写停当后，重新叫那个飞檐走壁的人把锦囊放到栋梁上去。

　　没过多久，康熙皇帝死了，众皇子就集拢来看折子。取下锦囊打开折子一看，里面写的是"传位于四子"。四皇子就这样登基当上了皇帝，年号叫"雍正"。

　　十四皇子呢，气死啦！先皇老子曾给他讲得清清楚楚的，怎

么眼睛一眨，老母鸡变鸭——皇位一下子又传给四皇子了呢？他越想越不明白，越想越是气恨，一病不起，不久就死了！

十四皇子一死，雍正皇帝做贼心虚，日夜疑神疑鬼，像煞十四皇子老是缠着他不放，弄得他失魂落魄，惶惶不可终日。

于是，雍正便趴在十四皇子的棺材前面，又是哭，又是求饶："好兄弟，别老是缠着我不放啊！上有天堂，下有苏杭，我给你在海宁造座宫殿好了。我在京里，文武百官每天只对我朝拜一次；你在海宁，每天有二朝，比我威风多哩！"

就这样，海宁造起了这座庙宫。

老天！哪里是一日两次朝见？雍正说的，其实是一日两次与潮水相见哪！

人们都说，清朝十二位皇帝，数雍正最刁，刁得连死人他也要欺骗。

观音借地

很久很久以前，杭州湾的喇叭口比现在还要大，海宁一带还不是陆地，而是一片汪洋，属东海龙王管辖。这龙王脾气坏，动不动就发大潮，冲垮堤岸，并以此为乐。

有一次，南海观音路过这里，见老百姓被弄得流离失所，不得安宁，很生气，就赤脚下滩，迎着潮头走去。

龙王一见观音，连忙上前打躬，问："大士有何法旨？"

观音说："你看我从南海来到这里，竟连个歇脚的地方也没有！"

龙王就伸手从海底抓起一块石头，放在鳌（áo）鱼头上，变成一座"尖山"，对观音说："请大士就在这上面歇息吧。"

观音说："这地方好是好，可惜岛小海大，太孤寂了。索性再借我一箭之地，有百姓同我做伴就好了。"

龙王想，一箭之地不过百十步，就同意了。

谁知观音一脚跨上尖山顶，向西引引弓一箭。这支箭直射到杭州龙山月轮峰才落下来——这就是后来造六和塔的地方。

龙王一看观音要借这么多地，有点儿舍不得。观音见龙王面有难色，就拿出一件龙袍，对龙王说："我用这件龙袍作抵，到时候我还你地，你还我龙袍，如何？"

龙王见观音手里那件闪闪发光的龙袍，心里也欢喜，但他还是不放心，又问："啥辰光还呢？"

观音捉过一条黑鱼，在黑鱼背鳍和尾巴连牢的

地方掐了一把，对龙王说："有朝一日黑鱼背脊的鳍和尾巴连牢了，我就还你地。"

龙王表示同意，于是又从海底托起一块土地，放在鳌鱼背上，接过龙袍，就得意扬扬地回水晶宫了。

从此，从海宁到杭州的龙山就多出了一块很大的土地。

龙王为什么这样爽气就答应借地呢？

他有他的打算。因为土地放在鳌鱼背上，只要鳌鱼一翻身，土地仍归东洋大海。

果然不错，鳌鱼背上压了一大块土地，哪里肯依，拼命挣扎，要甩掉这块土地。

观音见鳌鱼很不安分，心想：这样老百姓还是不能安居乐业。她来不及穿鞋子，就赤脚踏在鳌鱼头上。鳌鱼的头被观音双脚踏牢，只得老老实实，不敢动弹。观音看看这样很好，便留个化身在那里，真身却回普陀山了。

从此，这化身就永远站在鳌鱼头上，使它不能翻身。为了感谢观音的恩德，当地百姓就在尖山上建造寺院，塑了尊"出海观音"的像。

再说东海龙王回到水晶宫，拿龙袍一穿，袖子掉了，再一拎，领子也脱下了，气得他大发雷霆，当场召来十万水族，掀起千丈大浪，直扑钱塘江而来。

"出海观音"只站在尖山上微笑，不与龙王搭腔。龙王相骂无对手，跳起跳倒跳到六和塔下，观音还是不搭腔。

龙王想想自己理没有观音足，法没有观音大，只好偃旗息鼓，耷拉着头回到东洋大海去了。

不过，龙王始终忘不了观音借地的事，每天一想起，就要去看看原来的领地。因此，就每天涨潮、落潮，终年不停。

观音呢，尽量不和龙王照面，以免争吵。所以，过去海宁做庙会，观音和龙王的神像抬出来时，脸上都罩一块红布。

还有那黑鱼的背鳍，自从被观音掐了一把，到现在还断了一节，连不到尾巴。

澉浦铜钟

澉浦城里穷则穷，

还有五千零四十八斤铜。

这是海盐澉浦民间流传的一句民谣，说的是澉浦有座钟楼，上面挂着一口五千零四十八斤重的大铜钟。

关于这口钟，还有着一段有趣的传说哩。

很久很久以前，澉浦有座小庙，庙里住着一老一小两个和尚。老的已经九十多岁了，小的才只有十多岁。

这天，老和尚在念经。忽然，小和尚跑来报告说："师父，师父，海边漂来一口金钟哩，大得不得了，好看极啦！"

老和尚理也不理，依然念佛。小和尚眨眨眼睛，走了。

过了一会儿，小和尚又跑来报告说："师父，师父，金钟没啦。海边又漂来一口银钟。快看看去吧！"

老和尚恼怒地瞪了小和尚一眼，依然念佛。小和尚吐了吐舌头，走了。

又过了一会儿，小和尚第三次跑来报告说："师父，师父，银钟没啦。海边又漂来一口铜钟呢。快去捞吧！"

小和尚硬来拉老和尚。老和尚将信将疑，来到海边一望，哟，果然漂来一口很大很大的铜钟，金光锃（zèng）亮，围着大朵大朵红云，十分壮丽。

老和尚这才真正相信小和尚的话，知道这钟是神仙赐给澉浦的，自己一时大意，错过了两口，这口铜钟再也不能放过了！于是就从拂尘上拔下一根很长很长的白须，向海里一抛，正好套住铜钟的环，把钟拉上岸，拉了回来。称一下，足足有五千零四十八斤重。

这一来，老和尚领着小和尚四处募捐，要给铜钟造座钟楼。

楼建成，钟挂好，老和尚要到普陀山朝拜观音去了。

老和尚对小和尚说："你在家好好念经。记住：你计算着，等我到了普陀山，你再敲钟。千万不要乱敲。你一敲，我就能知道。"

小和尚听了哈哈大笑说："师父，普陀山离这儿很远很远，我敲钟，你怎能知道呢？"

老和尚说："我能听见的。"

说罢，就上了路。

老和尚走了才半天，小和尚就不耐烦起来。他想：一定是师父说谎。不信可试试，现在他已经听不见了。

于是，小和尚拿起钟槌，就当当当敲了三下。

这时，老和尚刚走到黄湾，一听见钟声，连连叹道："糟糕！钟声只能传到这儿啦！"

从此以后，澉浦的钟声就只能传到黄湾，再也传不远了。

如果小和尚迟敲几天，钟声可以一直传到普陀呢！不过，这已经很了不起啦。

每当澉浦的钟声敲响，周围四五十里地都能听到这洪亮的钟声啊。

海香

依山高阁望蓬莱，
治水航前花正开。
记得海香烧罢后，
风鬟雾鬓倚楼台。

这首古诗说的是浙江海盐古时候烧海香的风俗习惯。

出海盐县城往东不远，就是水波浩渺的杭州湾。海边原有一座敕海庙，那里供着个海神。每年春天，很多人都去烧海香。这庙现在已经拆掉了。

听老人说，这里的海神原是个小孩子。说起来，还有一则动人的传说哩。

很早很早以前，在海盐县城东面十五里的地方，有个望海镇。

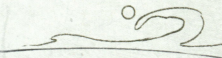

镇上住着很多人家，街道两旁卖鱼虾海鲜的摊头到处都是，可热闹哩。

那时候，东海龙王的三太子很是顽皮，有一次他化作一条大鲤鱼出去玩耍，正好遇到退潮，来不及游走，只得眼睁睁被困在望海镇外面的海滩上。

一个渔夫见了，喜滋滋地把大鲤鱼捉了来，不管三七廿一，动手刮鳞剖肚，一劈两爿（pán），下到油锅就煎。正好观音菩萨打天上过，看到了。

观音想：这可怎么了得？万一东海龙王发怒，望海镇岂不要遭殃？连忙一甩拂尘，刮起一阵大风，将这两爿鱼刮入大海。这两爿鱼一见海水，摇摇头，摆摆尾，泼剌剌一声响，游走啦。

从此，东海里多了一种鱼，看上去没有鳞，白乎乎、软塌塌的，活像半爿鱼，大家都叫它箬鳎（ruòtǎ）鱼。据说就是那时龙王三太子变的哩。

三太子虽然得救，但毕竟被劈成两半，东海龙王岂肯善罢甘休？

他咬牙切齿地说："不淹掉望海镇，我就不当龙王啦！"

观音菩萨知道了，连忙变化成一个卖油的瞎子老头，挑一副油担到望海镇沿街叫卖，存心试一试这里的人心。

观音这副油担，一头通着东海，海水源源不断涌进油担，顷刻就变成香喷

喷的菜油，所以任你怎么舀也舀不完。

望海镇上一些心术不正的人，见来了个瞎子老头卖油，都想乘机揩油，就一窝蜂拥上来。

到了傍晚，观音来到海边一个破庙宿夜，看看手中铜钿（tián）无几，不觉叹了口气，喃喃地说："我本想搭救一方，难道望海镇上就没有一个好人吗？"

正说着，外面有人敲门。观音开门一看，是个十五六岁的小孩，背着个老婆婆进了庙，那小孩眼泪汪汪地说："老公公，我白天买油少付了油钱，被我娘骂了一顿，我来还你油钱来啦。"

观音心里一动，说："菜油是我自己榨出来的，也不在乎这点点。你知道错，改了就好，油钱不要还啦。"

老婆婆连忙插嘴说："老公公，俗话说'小时偷只钉，大起来偷块金'。这种事体马虎不得的。再说你七老八十的人了，眼睛有毛病，还要出来卖油，想必家里也是贫困，我们怎好占你的便宜呢？"

说罢，非补钱不可。

观音收了铜钿，笑呵呵地对小孩说："你们都是好心肠的人，我就对你实说了吧。东海龙王要水淹望海镇，这可是件人命关天的大事。你们看海边两只石狮子的眼睛里啥辰光出血，望海镇就啥辰光要沉掉。到时候你们娘俩赶紧逃命吧，不过千万不可泄露天机去告诉别人，否则是要遭天雷打的呢。"

说罢，观音就不见了。小孩知道这是神仙点化，赶紧背老母亲回家，从此每天到海边去看石狮子。

一天早上，小孩来到海边，果然见石狮子的眼睛淌出了鲜血，连忙奔回家去背他的老母亲。

走到半路上，小孩想：这么大一个望海镇，有七八十岁的老公公，有刚刚出世的小囡（nān），有平日里帮我挑担的阿叔，有常来帮我补衣的大嫂，男女老少几千口，好人总是多数，难道我能见死不救吗？不能，不能！要是能救出全镇百姓，就是让天雷打死我，也是值得的。

于是他跺一跺脚，咬一咬牙，掉转头就朝镇上跑去，边跑边大声喊叫："海水来啦！望海镇要沉掉啦！大家快逃命吧！"

等他报出消息，回家背起老母亲，海水早已追了上来。小孩将老母亲推上一个高墩，只听轰隆一声巨响，自己却被海水卷走了。奇怪，海水追到高墩边竟停了下来。

后来，大家传说，小孩升了天，玉皇大帝念他心肠好，封他做了海神，专门掌管海盐一带海面。老百姓就在当年小孩被海水卷走的地方造了座庙，叫作"敕海庙"。

老人说，站在敕海庙朝东看，有时候还会看到当年沉没了的望海镇哩。

从此，海盐的老百姓有了烧海香的习惯。一烧海香，老人就要讲起这个好心肠的孩子的故事。

横塘“神牛”

太平天国大队人马浩浩荡荡进驻浙江海宁后，统兵的主将就看到了蹲在海塘上的一对铁牛。

太平军非常爱惜财物，眼看那么大的铁牛被丢在路边，实在可惜。那主将便吩咐士兵们扛走了一头，把它回炉，打算重新冶铸器物。

第二日，城里的老百姓交头接耳，议论纷纷，仿佛发生了什么大事。这引起了主将的注意。他换了便衣，暗暗地去听老百姓究竟在说些什么。

老百姓都很担忧地议论着："看样子马上还要抬走另一头。这是镇压海潮的神牛呀，一被移掉，潮水就会兴妖作怪，冲坍海塘，淹没海宁全城……"

有的老百姓还说："哪里只是淹没一座海宁城？平湖、桐乡、石门、德清、吴兴、仁和和钱塘各县全将变成一片汪洋，浙西千万生灵都将变作鱼虾了。”

有人气冲冲想拥进主将的驻地，请求发还"神牛"。

可有人却唉声叹气，说："太平军是反对鬼神的，去了也是白搭！"

那主将在旁越听越忍不住，插进去就问："这么说塘边两头铁牛是神牛呀？"

于是其中有个老人讲起了故事：

当年吴越王造海塘，造好就坍，坍了又造，死了多少人，造了好几年，始终造不好。吴越王要杀监工的大臣。这位大臣在塘边哭了三天三夜。他说不是怕死，只怕他死了以后再没有人敢来监工修海塘，潮水的灾祸永远不能消除，千万生灵永远不能安居。

他那么一哭，惊动了潮神爷。当晚潮神就来托梦，叫他铸造十八头铁牛，分镇南北两岸，潮水就不会作怪了。果然，北岸只安上两头神牛，海塘就造成了。

吴越王灵机一动，认为南岸不必再造石塘，只要把剩下的十六头神牛统统安放到南岸去，就可以保住南岸太平了。真奇

怪，南岸自从有了神牛坐镇，从此不再坍沙，倒节省了一大笔修塘费。

后来，清兵占领了江南，一夜就把十六头神牛气走了。打那时起，南岸就年年坍沙出险啦，幸亏北岸两头神牛没有跑掉，所以北岸的石塘稳如泰山，保住海宁一带太平……

主将听到这里，悄悄地走了。他心中非常高兴，无意中听到这个"铁牛的故事"，倒给他解决了一桩难事。

原来太平军一到海宁，就发现这条古老的鱼鳞大石塘已经千疮百孔。从那时起就下令各乡筹集修塘经费，打算赶快修筑坍塌的地方。但工程浩大，估计要筹措白银八千两以上，不是短时间内就可以完成的事。

主将发现石塘的终点在尖山附近的浦口。东海的水从乍浦、澉浦流来，被塔山一阻，激起巨潮，直伸海宁一带，坚固的石塘

经不起连年累月海潮的冲击，已被冲得千疮百孔了。如果在浦口附近修筑一条横塘，把海水先挡一下，减弱它的锐势，就可以延长石塘的年限，也可以慢慢逐段修筑了。

哪知当地的百姓对这条横塘的修建缺少信心，全都摇头，认为要挡住那么汹涌的巨浪，没有神力相助是难以办到的！

这下主将有了主意，便召集当地百姓到海神庙前，说是要讲"铁牛的故事"。

大家都很惊异："怎么？扛走了一头神牛，还要讲故事，倒要去听个明白！"

一传十、十传百，海神庙前挤了近万人。

那主将先讲了从那个老人口里听来的故事，接着说："太平军扛走了一头神牛，是要请它帮个大忙。因为要在浦口建造一座横塘，挡住巨大的潮水。这条塘建在塔山脚边，就叫'塔山塘'。先把神牛请到那儿去，让它锁住潮水，不许兴浪作怪，我们就可

以顺利地造好这条横塘，永远解除海宁人的灾祸，大家赞同吗？"

话还没有说完，欢呼声像海潮一样爆发出来。

大家都相信神牛的力量，大家都有建造塔山塘的信心。三天之内农民们携筐带锄，自动结集了六七万人，汇成一支修建塔山塘的大军，立即动工修塘。

不久，一条新塘很快就筑成了，高高的塘坝挡住了日夜冲击的潮水。这头铁牛从此坐镇在塔山塘上，使百姓再也不受潮水灾害；太平军带领大家修横塘的功绩，也永远留在了海宁人的心中。